책에 수록된 모든 고민은 저자가 SNS를 통해
3년간 소통하며 주고받은 실제 사연을 바탕으로 합니다.

도서 수익금의 일부를 위기 영아 보호를 위해 기부합니다.

PROLOGUE

조그마한 아이였을 때부터 통통했던 나는 먹는 걸 유난히 좋아했어.

하루는 엄마랑 손잡고 버스를 기다리는데 분식 차에서 파는 핫도그가 너무 먹고 싶었던 거야.

엄마에게 조르고 졸라 오백 원을 받아 차 가까이로 갔는데 이미 몇몇 사람이 거기서 맛있게 먹으면서 웃고 있었어.

물론 그들은 날 알지도, 신경 쓰지도 않았지만 뚱뚱한 꼬마가 혼자 핫도그를 사러 온 것을 비웃는다고 생각한 나는 다시 풀이 죽어 엄마한테 돌아갔어.

"왜 안 샀어?"

엄마는 물었고 나는

"그냥…."

풀이 죽은 채 대답했어. 엄마는 바로 무슨 일인지
알아채고 기다리던 버스를 뒤로 하고 내 손을 잡고
분식 차로 갔어.

엄마는 자신 있게

"핫도그 두 개 주세요."

말했고, 우리 둘은 핫도그를 맛있게 먹었지.

나중에야 거기서 웃고 있던 사람들은 계속 본인들
만의 즐거운 시간을 보냈고, 그 사람들이 날 보고 웃
은 게 아니라 그저 핫도그가 맛있었을 뿐이라는 것을,
그저 친구들과 재밌는 이야기를 하며 웃고 있었다는
것을 알았어.

우리 모두는 자신만 알 수 있는 각자만의 콤플렉스
가 있어. 그 상처로 인해 작아지고 남의 눈치를 보며
때론 도망가 버리기도 하지.

근데 그거 알아? 사람들은, 세상은 생각보다 나의
콤플렉스를 그렇게 크게 생각하지도 또는 신경을 쓰
지도 않는다는 거.

그러니까 우린 해도 돼.
그게 뭐든 뭐였든 간에.
뚱뚱하든 말랐든 작든 크든 못생겼든 예쁘든
우리 모두에겐 모든 걸 할 수 있는 가치가 있어.

두 손을 잡고 분식 차로 당당하게 날 이끌었던 엄마
의 손처럼, 이 책을 끝마쳤을 쯤에는 여러분들 모두가
분식 차 앞에 당당히 서서 "핫도그 주세요!"라고 할
수 있길 바라.

그래야 사람들이 날 향해 웃고 있던 게 아닌
나와 함께 웃고 있었다는 걸 깨닫게 될 거니까.

그리고 핫도그는 맛있잖아.

Contents

Prologue 2

III   길을 잃은
당신의 고민을 들어 줄게요

IV   **행복을 향한**
당신의 고민을 들어 줄게요

V 사랑에 지친
당신의 고민을 들어 줄게요

크레이지

당신의 고민을 풀어 줄게요

겉과 속이 다른 사람들 때문에 힘들어요.
내 앞에선 친한 척하면서 뒤에선
어떻게 대할지 모르니깐. .

내 삶 살기도 바쁜데 남 뒷모습까지
생각할 필요가 있나요

친하다고 생각했는데 상대방은 아닌가 봐요.

이럴 땐 어떻게 하죠?

안 친한가 보지 뭐!

하고 진짜 친한 친구랑 맥주 마시러 가요

인간관계에 지친다는 말을
이해하기 시작했어요.

그렇게

한 명

한 명

없어지다

마지막에

나 하나 남는 것이 인생

말은 창구일 뿐

예쁜 마음이 우선입니다

요즘 남 눈치를 너무 많이 봐요….
늘 그랬지만 요즘따라 더 심해요.
어떻게 하죠?

올바르게 성장하고 계시는군요. 배려와 센스는 눈치에서
시작돼요. 지금은 불편해도 그것이 그대를 멋진 사람으로
만들어 줄 거예요.

타인과 소통하는 데 많은 시간을 할애하면서도
정작 자신을 돌보는 시간은 드물게 되는 것 같아요!

어차피 세상 살면서 거울 보는 시간보다 남의 얼굴 보는
시간에 더 많은 걸 배우기에.

회사 단체 대화방에서 잘못을 지적했는데,
잘못한 사람이 아닌 제가 혼나서 억울해요.

올바른 것은, 타당한 것은, 정의로운 것은 그 자체로 훌륭
하지만 그것을 지혜롭게 지적하는 것은 더 많은 기술을
필요로 하죠.

기술을 얻는 방법은 경험뿐입니다

정직하고 곧은 마음이 있으시니 기술을 키워 나간다고
생각하세요.

친구가 본인의 커리어를 위해 1년간 필요한 거 아니면
아무와도 연락을 하지 않을 거라 통보하고
연락을 끊었는데 너무 서운해요….

그 친구는 커리어는 얻겠지만
그대는 잃겠군요

세상엔 영원히 좋은 사람도

영원히 나쁜 사람도 없어요.

나와 잘 맞는다고 좋은 사람이 아니에요.

나에게 맞지 않는다고 나쁜 사람도 아닙니다.

Real question is

정작 나는 좋은 사람인가요.

여태까지 착하게 살았다고 생각했는데
알고 보니까 뒤통수 치이고
누구보다 멍청이로 살았더라고요.
저 어찌 살죠?

왜 그대가 고민해요.

뒤통수를 친 사람이
다르게 살아야지

고등학교 때 제일 친했던 친구랑
졸업 선물 교환하기로 했어요!
의미 있는 선물 뭐가 있을까요?

다른 대학 가서도
서로 연락하고 잘 지내자는
그 후에도 좋은 친구로 남아서
서로 의지해 주는 사이가 되자는

현금

만약 오빠 뒷담을 깐 친구가
오빠 앞에서 당당할 땐 어떡하실 건가요?

1. 내 뒷담을 깐 사람을 친구라고 할 것 없음

2. 그 사람의 당당함을 볼 필요가 없음

3. 안 만나면 되니까

4. 날 사랑해 주고 아껴 주는 사람에게 내 마음 쏟기도 모자람

인간관계에 집착하지 않는 법!
열등감 없애는 법!

천천히

모든 건 다 천천히

올 놈은 오고

갈 놈은 간다

될 일은 되고

안 될 일은 안 된다

잘난 척이 심하고
저를 너무 무시하는 친구 때문에 힘들어요.

친구가 아니어서

그래요

우리 강아지랑 얘기해 보고 싶어요.
무슨 말을 할지 궁금해요.

만약에 반려견들이 모두 말을 할 수 있었다면 그렇게 사랑
받지 못했을 가능성이 커요.

우리의 말을 묵묵히 들어 주기만 하기 때문에 그들은 사랑을
받기도 하죠.

때론 들어 주는 것이 가장 큰 힘이에요

존재 차제만으로 힘이 돼요.

보고 싶거나 사랑하고 싶은 사람이 없어요.
그래서 서글퍼요, 좀.
오늘 그냥 그랬어요. 너무 조용한 거예요 삶이.
세상에 나 혼자 남으면 이럴까 싶을 정도로.

큰 집에 혼자 남겨진 아이를 누구도 찾아오지 않는다면 아이에게 기다리지 말고 나가서 놀라고 얘기하고 싶네요.

세상 사람들은 모두 외로워요. 그런 사람들끼리 서로 만나 슬프고 아이러니한 화음을 만들어 내는 것이 바로 세상입니다.

당신도 분명
중요한 음정 중 하나일 거예요

정말 힘이 되어 주고 싶은 사람이 있는데요.
제가 잘 안 해 봐서 어떤 식으로
위로를 해 줘야 할지 너무 어려워요.

위로는 **방법과 행동이 아닌**

공감 그리고 소통이에요

오랜만에 만난 형이 밥도 사 주고 택시비 하라고

5만 원을 억지로 제 주머니에 구겨 넣더라고요.

연락도 제대로 못 해서 항상 미안했는데….

물론 저도 택시비 있고 집까지 5만 원도 안 들지만

추워진 날씨에도

오는 내내 따뜻하게 잘 왔다고 합니다.

형의 마음이 너무 뜨뜻해서.

사람과의 인연은 하나도 비싸지 않습니다.

그 진심 어린 한 마디면 돼요.

살이 너무 많이 쪄서 설날 때 친척들 보기 무서워요.
유학생이라 1년 만에 보는 건데 너무 걱정되네요.

저도 100kg 좀 넘었을 시절이 있었죠. 그땐 정말 당당했는데
오히려 살이 빠지고 나서는 사람들 눈치를 더 보는 것 같아요.

살은 살일 뿐

일단 본인의 상태와 마음가짐을 체크해 보세요.

근본적인 자신감의 문제는 아닐 거예요

인간관계가 너무 힘들어요….
남들은 쉽게 쉽게 하는 인간관계인데
저에게만 너무 어려운 것 같아요.

생각해 보면 우리가 아기였을 때 했던 블록 놀이가 참 좋은 교훈인 거 같아. 왜 그거 있잖아, 세모 네모 동그라미 블록을 맞는 공간에 찾아 넣는 거! '그대는 세모니까 동그라미에 억지로 구겨 넣지 말아라.' 이 말 할 줄 알았죠? ㅎㅎ

아니. 우리는 다 그 블록 놀이하는 아기들 같아. 어떤 게 맞는지 안 맞는지 한참 끼워 보다가 다 맞추면 시시해서 안 가지고 놀잖아요.

생각보다 시시해질 많은 것들에
고민하고 힘들어하지 마요
그러기엔 그댄 너무 귀합니다

고등학생인데 용돈 쓰기 죄송해서
뭐든 금액부터 따지고 너무 돈에 야박해진 것 같아요.
이런 제 모습이 싫은데 어쩌죠?

그런 것은 야박해진다기보단 점점 더 부모님의 마음을
알아 간다고 해도 될 듯.

새로운 환경과 새로운 사람 만나는 게 좀 어렵네요.

익숙함의 시작도
새로움이었더라

일이 적성에 안 맞아서 퇴사하고 싶은데
과장님이 너무 좋으신 분이라 고민돼요.
진짜 어떻게 해야 해요?

과장님은 그대에게 정말 그냥 좋은 분이실 뿐.

딱 맞는 곳으로 가면
그대가 좋은 분이 될 수 있어요

대학교 들어가는 게 조금 두려워요.
체력적으로나 심적으로 힘들 것 같고,
인간관계가 제일 힘들 것 같아요. 어쩌죠.

걱정을 해서
걱정이 없어지면
걱정이 없겠넹

외향적인 사람과 내향적인 사람이
어떻게 잘 지낼 수 있을까요?
너무 어렵습니다ㅠㅠ

친구도 연인도 가족도
다 운명인 것을…

친해지고 사랑하고 가까워질 인연이라면 굳이 신경 안 써도

저절로 되던데요♡

전학을 세 번을 해 봤는데도 친화력이 없어요.
어떻게 친해지죠?

오겠죠

누군가 나와 친해질 운명이라면

노래를 배워도 마지막 단계는 힘 빼고 부르는 것.

연기를 배워도 마지막 단계는 힘 빼고 연기하는 것.

심지어 골프도, 야구도 모든 배움의 마지막 단계는

힘을 빼는 것.

가장 쉽게 들리지만 가장 어려운 단계.

온힘 다해 이 악물고 한다고

모든 다 좋은 결과로 이어지는 건 아닌 거 같아.

가끔은 자연스럽게,

어떨 때는 흐르는 듯이 해 나가야 할 때가 올 수도 있어.

천천히 힘 빼고 다시 해 보자.

새로운 학교, 새로운 학년에서
친구들과 잘 사귈 수 있을까요.
진짜 걱정돼요….

어차피 억지로 노력하는 관계는 오래가지 못해요.

올 사람은 오고 갈 사람은 가더라고요

정말 많이 믿었던 사람한테 크게 배신당했어요.

저보다 더 좋아했던 사람이라 너무 힘들어요….

우리가 누군가를 믿는다는 건

너로 인해 아파도 괜찮아

라는 약속까지 포함되어 있더라고요.

날 위한 척 실상은 본인들 이익을 위한 말을 하는
직장 동료 상사들에게
지혜롭게 대처하는 법 있을까요?

아 저렇게 되면 안 되겠다

라고 몸소 알려 주시는 분들이니 계실 동안은 잘해 드리세요.

인간관계가 어려워요.

무조건 많은 사람을 사귀는 게 좋은 건가요…?

어제 혼자 영화 봤는데 너무 재미있었음.

혼자여도 되고
많아도 되는 것이 인간관계

인간관계…
어떻게 하면 잘할 수 있을까요?

내가 **잘해** 주고 싶은 사람에게 **잘해** 주고
사랑하고 싶은 사람을 **사랑**하고
싫어하는 사람을 **싫어**하는 게
인간관계 아닐까요.

엄마가 유독 저한테 돈 없다는 얘기를 하셔서
스트레스 받아요….
물론 엄마를 이해하지만
뭔가 다 제 탓 같아서 힘들어요.

어쩌면 **위로의 한마디가** 필요할 수도 있죠

엄마도 한때 그대처럼 누군가의 딸이셨을 터인데.

감정을 표현하는 게 어려워요.
특히 고맙고 기쁜 표현이요.
친구한테나 가족한테나.

무뚝뚝하시군요.

감사와 기쁨의 표현은

천사의 편지

라는 말도 있어요

한 글자
한 글자
천천히 연습해 보시길

내가 아끼고 사랑하는 사람에게

가끔 한 번 정도

'오늘 기분은 어때?'

라고 물어볼 것.

어른이 되면 놓치고 살아가는 몇몇 것들,

건강 그리고 감정을 늘 체크해 줘야 한다고

생각하기 때문이야.

사랑하는 사람일수록

'비타민 챙겨 먹었어?'라고 물어보듯

'오늘 기분은 어때?'라고 물어봐 주자.

다른 사람과 너무 비교하고
우울해지는 게 힘들어요.

SNS가 큰 비교의 창이 되었다고 하네요. 우울할 수 있는, 또 좌절감 들 수 있는 콘텐츠들이 물밀듯 들려오고 보여지는 현시대에서 우린 어쩌면 경주마처럼 눈 옆을 가리고 앞만 보고 달려야 할지도 모르겠네요.

남자 친구랑 안 좋은 일로 헤어졌는데
그 친구가 자기가 유리한 쪽으로 말하는데
어떻게 해야 하나요?

영화 끝나고 엔딩 크레딧까지 보았으면 영화관 나가면서
재미있음, 재미없음 정도만 얘기하고 집에서는 직장에서는
할 거 해야죠.

이미 끝났는데 뭐 신경 써 됐다 마

항상 누군가가 저에게 먼저 다가와 주길 바랐는데
이제는 제가 먼저 다가가려고요!
어렵겠지만 파이팅!

봄이 되면 꽃이 피고

밤이 되면 달이 뜨고

새벽 되면 해가 뜨듯

자연스러운 것이 가장 아름답다

취업난으로 힘들어하는 언니도
뒷바라지하는 부모님도
모두 행복했으면 좋겠는데
할 수 있는 게 한정적이네요.

언니도 엄마도 그대에게 바라는 건 실질적인 도움이 아닌

따뜻한 말 한마디일 수도

사람마다 다른 선의 기준을 잘 모르겠어요!
오지랖 넓은 사람이 되고 싶진 않은데 말이죠.

아무리 사적인 거라고 해도 본인의 진심이 담겨 있으면 상대방의 기분에 상관없이 의미 있는 행동이겠지만, 그저 말하는 것으로 끝나는 행동 지적이라면 그거야말로 오지랖이 되겠죠.

이번에 대학 가는 새내긴데
입학식 안 가면 아싸 되는 거 아니겠죠…?
집이 너무 멀어서 고민 중이에요.
갈까 말까.

어차피 인싸면 이런 고민도 안 할 듯.

그냥 즐기길

당장 2주 뒤면 입학하는 새내기인데
낯가림도 심하고 소극적인 성격이라
이제 시작할 사회생활이 걱정이에요.

이 세상 모든 것에 뜻이 있고 존재의 이유가 있어요. 흙, 돌멩이 하나도 사연이 있고 과정이 있는데 그대라고 특별하지 않을 이유가 있나요. 기죽지 말아요

갑자기 집안 사정이 어려워져서
아버지가 퇴근하시고 대리운전을 하세요.
학생이라 해 드릴 수 있는 게 없네요.

세상에서 가장 멋있는 사람은 본인을 위해 사는 사람이 아닌
지켜야 하는 사람을 위해 모든 걸 하는 사람이죠 정말 멋진
아버님을 두신 것 축하드려요. 그대의 존재 자체가 아버지
에겐 큰 힘이 됩니다.

오늘도 수고했어요.

실수에서 배운다는 건 실수한 사람의 결정이고

아픔에서, 상처에서 얻는 교훈도

그 사람의 결정인 것 같아요.

오늘 하루도 실수했다면, 상처받았다면, 아프셨다면

긍정적으로 '훗날, 이건 좋은 경험이 될 거야'

라며 위로해도 되고

그냥 마음 놓고 아파도 해 보고 속상해도 해 봅시다.

그럴 자격이 충분히 있습니다.

꽃을 피우기 위해 땅속에 묻혀 있는 꽃씨들은 결코 서두르지 않는다

퇴사 생각을 1년 반째 하는 중인데
대학원 등록금 때문에 버티고 있어요.
근데 오늘은 진짜 못 해 먹겠는데 어쩌죠?

그대가 진짜 원하는 건 뭐예요?

아니 아니 제가 물어보는 건 퇴사가 아니라 대학원을 가고
싶은 진짜 이유. 1년 반 동안 버티고 견디면서 그 대학원에
가야 하는 이유가 있을까요. 그럼 10년이어도 버티길 바라요.
아니라면 용기 내서 퇴사해요.

내일을 살기 위해 오늘을 버리지
말기로 해요 우리.

왜요…?
꿈은 절대 그대를
포기 안 할 텐데…♡
파이팅.

나는 정말 최선을 다해서 써 갔는데
다시 써 오라는 얘기만 오늘로 14번째예요.
이제 그냥 포기해야 하는 걸까요.

정복해서 이기는 맛은, 느껴 본 사람만 아는 특권.

이겨 보세요.

퇴사하고 카페 차리는 게 꿈인데
용기가 없어요.

그럼 끝까지 현실과 타협하며 하고 싶은 거 못 하고 눈치만
보며 살아도 후회 안 할 용기가 더 크단 말인가.

잘 될 거야! 는 패기 같아요.

하고 싶어! 는 고민 같고

해 볼 거야! 가 결정이고

망해도 돼! 가 용기 아닐까.

오늘 도로 주행 연습했는데
베스트 드라이버가 되겠다는 꿈이
와장창 무너졌어요.
차들이 무서워요.

천천히
해야 하는 것
두 가지.
운전
그리고 **나이 먹기.**

저는 '가치' 있는 일을 하고 싶은데
이게 제 적성에 맞는지 불확실해서 모르겠어요.
하고 싶은 것과 잘할 수 있는 것… 너무 갈려요.

절대로
절대로
절대로

자신이 잘할 수 있는 일을, 아님 하고 싶은 일을 미리 정하지 마세요. 그 일을 시작하고 몇 개월도 지나지 않아 바뀌는 것이 사람 마음이에요. 내가 잘한다고 생각했던 일도 형편없다고 평가받는 게 이 사회예요.

일단 하세요. 잘하는 일, 하고 싶은 일. 둘 중에 고르지 말고 지금 해야만 하는 일에 집중해요.

그런 후 시간이 한참 지나 어떤 분야에 인정을 받으면 그때 이 질문을 다시 하세요.

쉬지 말고 공부해도 붙을까 말까인 시험인데….
자꾸 제가 저 자신한테 져서
쉬고 싶고 놀고 싶어요.

놀아! 놀아재껴!

단것만 먹으면 가끔 쌉싸름한 것도 당기듯 계속 놀다 보면
그대가 공부하고 싶을 거예요.

공부를 해야겠다는 생각은 항상 하는데
점점 게을러져서 실천을 못 하고 있어요.
저 정신 차리게 혼내 주세요.

사람들 아무리 혼내도 하지 않기에 공부죠.

사회가, 현실이 한번 크게 혼내 주면 그땐 많이들 하시더라고요…:

하고 싶은 게 생겼는데
제가 좋아하는 일이면 제 시간을 쪼개서라도
안 하는 것보단 해 보는 게 낫겠죠?

만약 평소 좋아하던 사람에게 연락이 와서 "내일 저랑 3시에 만나서 식사하실래요?" 한다면 "아… 제가 너무 시간이 없어서…"라고 말하신 다음 '쪼개서라도 만나야 하나' 고민하실 건가요? 아님 "아 네! 내일 봬요" 하실 건가요?♡

오늘 2주 동안 밤새 가면서 준비한 발표를 했는데
결과가 안 좋아서 그런가 하루 종일
자존감이 낮아져서 우울해요.

그대가 생각하기에 잘한 거면 잘한 거예요. 선생님이든 교수님이든 상사든 그대의 노력을 판단하게 하지 마세요. 결과는 그대가 결정해요.

그대가 생각했을 때
잘했으면 잘한 거예요.

손님이 음식을 남겼다고
절망하는 요리사가 되지 않았으면….

이미 식사를 하고 온 손님일 수도 있고
음식의 양이 맞지 않았을 수도 있으니까.

무조건 긍정적으로 생각하자는 게 아니라
무조건 나만 탓하지 말자는 거니까.

졸업 논문을 쓰는 동시에 취직 준비를 위해
알바를 3개 하고 있어요.
맨날 쓰러질 듯이 피곤해요.
하루가 48시간이었으면 좋겠다.

명작을 탄생시키기 위해 필요한 요소는 영감, 감성, 천재성이라고 대부분 생각하지만 전 그렇게 생각하지 않아요. 가장 필요한 건 일단 **펜과 종이** 아닐까요. 큰일을 해내기 위해 우린 어쩌면 우리 앞에 놓인 일들을 차근차근 하나씩 해결해 나가야 하는 것 같아요.

그대는 인생의 명작을 위한 펜과 종이를 가다듬는 중이에요. 기대할게요.

공시생의 길로 걸어가려고 해요.
주변 모두 다 하늘의 별 따기라고 하는데
이 선택 후회하는 걸까요?

하늘의 별을 딴 사람들은 꼭 한번 따 봐 라고 용기를 주지만,

한 번도 못 따 본 사람들은 무조건 힘들다고만 한다.

OST 작곡가를 꿈꾸며 놀지도 않고
열심히 데모를 만들고 있는데
아직도 성과가 없네요.
언젠간 저도 곡을 팔 수 있겠죠….

My Friend…. 팔려고 시작한 노래는 아무도 사지 않아요.

지금이라도 작업을 잠시만 내려놓고 밖에 나가서 좀 놀아요. 그리고 리프레쉬 해요.

그리고 행복하게 작업해요.

보컬 입시 준비 중인데 입시 곡이랑 권태기예요.
노래 듣기도 싫고… 어떡하죠?

마음이 아프네요.

입시를 하기 위해 만들어진 노래도 아닐 테고 음악 자체를
입시를 위해 연습해야 한다는 게.

돈 많은 백수가 되려면
어떻게 해야 하죠?

일단
돈이
많아야죠!

어제 면접 봤는데 금요일에 결과 발표가 나요.
금요일까지 뭐 하면서 있어야 할까요?

다른 면접을 알아봐야죠.

82

이제 대학 들어가는 새내긴데
지금 토익 공부하는 건 시기상조일까요?

가끔 수박이나 파인애플이 말을 할 수 있었으면 좋겠다는 생
각을 해요. 구입하기 전에 과일들이 '저 사지 마세요. 아직 안
익었어요!' 아님 '저 완전 잘 익었어요!'라고 말해 주면 얼마나
좋을까요.

나의 때를 가장 잘 아는
사람은 나 자신입니다.

메이크업 쪽으로 나가려면
헤어 분야도 중요하다 해서
하고 싶긴 한데 금액이 커서
부모님께서 부담스러우실까 봐
해야 하는 건지 모르겠어요.

'하고 싶긴 한데'라는 시작은 부모님에게 부담이 될 수 있으나 '정말 최고의 디자이너가 될 거야'라는 결심은 부모님에게 용기가 되겠죠. 어떤 요구나 부탁을 하기 전에 상대방의 상황보다 내가 진정 원하는 게 이것인가를 잘 생각해 보세요.

성악 입시생이에요.
이제 마지막 실기 시험을 앞두고 있는데
사실 계속 너무 불안하고 걱정되고 그래요.
잘할 수 있겠죠?

불안의 씨앗은 상상
걱정의 씨앗도 상상
하지만 결과는 현실
상상 속에 살지 맙세

지금 있는 자리에서 열심히 하고 노력하면
충분히 성공하겠죠?

목적지에 도착하기 위해
며칠간 노를 저은 제자가 스승에게 물었다.
"도대체 언제 도착한단 말입니까?"
스승은 웃으며 대답하였다.
"이미 도착하였으나 네가 계속 그 주위를 맴돌고 있구나."

내일의 성공을 기대하지 말고 오늘의
성공을 느끼고 누리세요. 오늘 열심히
일한 당신의 승리를.

더운 여름밤 창문을 열고 있으면
시원한 바람이 불어오는 것처럼.

낮에는 그렇게 더웠지만
밤만 되면 기분 좋을 만큼의
시원한 바람이 불어오는 것처럼.

모든 게 그래.
때가 되면, 시간이 되면
선물처럼 우리에게 찾아올 거야.

소소한 **기분 좋을 만큼의** 일들이.

이직을 앞두고 주변 사람들에게 여러 소리를 들으니
마음이 싱숭생숭해요.
이 마음을 편안하게 할 좋은 방법이 뭘까요?

운전하실 때 아무리 정확한 네비게이션이라도 네다섯 개
동시에 틀어 놓으면 사고 나요.

하나의 목소리만 들으세요.

그건 바로 YOU.

하고 싶은 일과
제 능력의 차이가 커요.

만일 제가 지금 하고 싶은 일이 밖에 나가서 공을
차는 일이면 나의 능력치를 걱정할 필요가 없
겠죠. 하지만 공을 차는 나의 모습이 멋있어 보이고 싶고, 우
리 동네에서 가장 잘 차는 사람이 되려 할 때 나의 능력치를
걱정하게 됩니다. 또 그로 인해 때론 포기하게 되는 거죠. 내
가 무언가를 진정으로 원할 땐 나의 능력치는 중요하지 않아
요. 왜냐면 정말 그 일을 하는 거 자체가 좋으니까.

90

재수를 결정했는데
친구들은 대학생이 된 거 보면 부럽기도 하고….
제가 1년 동안 잘할 수 있을까요?

부러워할 일도 자랑할 일도 없는 게 우리 인생살이…♡ 나중에 한참 지나면 큰 산인 줄 알았던 것이 언덕처럼 보이고 작은 우물로 보이던 게 바다처럼 보이기도 한다네.

지금의 상황에선 최선이라 선택한 길이

최악으로 변해 버릴까 봐

잘못된 선택이 될까 봐 걱정이에요.

인생에 올바른 선택은 없다. **선택을 하고 그것을 올바르게 만드는 것은 있다.**

제가 꿈을 이룰 수 있을까요?

성취함이 꽃이라면
꿈은 씨앗이고
노력은 물이요
운은 빛이겠죠.

예쁜 꽃 피우시길.

세계 최고가 될 수 있을 거라고 해 주세요.

세계에서 제일 키 큰 사람도 1명, 제일 빠른 사람도 1명. 모든 분야에서 최고는 1명뿐.

근데 놀라운 건 그렇게 노력하지 않아도 **당신이란 존재 자체는 이미 세상에 1명뿐이라는 것.**

꿈이 뮤지컬 배우 쪽인데
미래에 성공할 수 있을지 너무 불안해요!

성공과 본인이 하고 싶어 하는 일을 하는 것은 같이 1+1이
아니에요. 죽도록 하기 싫은 일을 하면서도 잘 사는 사람이
있고, 좋아하는 일을 하면서도 잘 안 풀리는 사람도 있죠.

성공의 기준이 무엇인지
본인에게 물어봐요.

학점이 나왔는데
저 자신이 너무 한심해요.

숫자로 매겨지는 결과는
우리를 만족시키기 힘듭니다.

당연한 거고 앞으로도 그렇겠죠. 그저 그것보다 더 가치 있는
일들을 찾아내는 게 방법일 수도….

얼마 전까지 가지고 있던 꿈에 대해
확신이 사라졌어요.

초록불만 보고 달렸는데 정작
도착했을 땐 빨간불일 때가 많
죠. 반대로 빨간불을 보고 급
히 멈췄는데 초록불로 바뀌는
경우도 있고요.

96

실기 시험이 딱 한 달 남아서
밤새워서 연습을 해도 실력은 늘질 않고
저 자신이 답답하고 레슨받기도 두려워요.

대나무는 몇 년 동안 땅에 뿌리를 박는대요. 그전에는 땅 위
로 올라오지도 않는다고 하네요. 그러다가 몇 년이 지나 뿌
리가 단단해지면 몇 개월 만에 수 미터씩 위로 자라서 그제야
사람 눈에 보인대요.

그대의 연습과 고된 피 땀 눈물은 1분 1초도 헛되지 않아요! **아직 안 보인다고 조급해하지 말아요.**

내가 별이라면

어떻게든 빛이 나게 되어 있어.

아직 낮이라서 보이지 않을 뿐

이제 천천히 밤을 기다리자.

우리가 별이라면,

우린 언젠가 빛나게 되어 있어.

저 내일 면접인데 잘하고 올 수 있겠죠?
준비가 덜 된 것 같아 걱정이에요.

나는 샤워할 때 노래가 제일 잘 되더라고요. 아무도 안 듣는
걸 알고 잘 못해도 되니까. 샤워할 때 부르는 것 반만큼만
무대에서 했으면 좋겠어요.

때론 잘 못해도 된다는 마인드가 좋은 결과를 가져와요.

제 인생에서 가장 중요한 시험이
보름 정도 남았어요.
마인드 컨트롤은 어떻게 해야 할까요?

한 번도 그대를 실제로 본 적 없고 어떤 인생을 살아오셨는지도 모르지만, 정말 확실하게 장담할 수 있는 건 그 시험은 그대의 인생에 가장 중요한 시험이 아니라는 거예요.

시험 결과로 인생의 길은 바뀌지 않아요.

쫄지 마요.

면접 보고 왔는데…
관심도, 개별 질문도 없었어요.
휴우… 취준생이란.

훨씬 더 큰 경쟁률을 뚫고 태어난 그대를 믿어요.

내일 면접을 보는데
너무 떨리고 긴장돼요.

떨리고 긴장되면 떨리고 긴장
한 모습으로 솔직하게 하세요.
가장 중요한 건 솔직함.

104

수강 신청 망해서
원하는 수업 못 듣게 되었는데 어떡해요.

그 원하던 수업, 한참 지나고 보면 그리 필요하지도 좋아하지도 않았더라.

저 내일부터 정신 차리고 빡공할 거예요! 파이팅!

너무 세게 쪼인 나사는
풀기도 힘들어요.

내일 대학 입학식인데 너무 떨려요.

누려요, 즐겨요.
사회는 입학식도
없고 졸업식도
없어요.

이번에 대학을 갔는데
원하던 대학이 아니라 반수 생각하는데 어떡할까요.
할까요? 말까요?

대학이 중요하지만 **더 중요한 건 그 후인 것 같아요.**

미국 토크쇼 진행자 코넨 오브라이언의

2011년 다트머스 대학 *Dartmouth College*

졸업 축사 중

오늘 졸업생들 정말 축하합니다!
지금 여러분들은 여러분 나이 또래들 중에
92퍼센트밖에 해낼 수 없는 일을 해 냈어요.
바로 '대학 졸업'이죠!

맞습니다.
이 졸업장으로 여러분은 나머지 8퍼센트의 사람들,
즉 고졸들보다 훨씬 큰 이득을 보고 시작하는 거죠!

그 8퍼센트의 고졸 '루저들' 중엔
빌 게이츠, 스티브 잡스, 마크 주커버크 등이 있습니다.

축하합니다!

참아서 얻을 수 있는 것이 **모든 고통을 이겨 낼 만큼의 가치가 있다면.**

해야 할 것 많은 고3인데,
주변엔 다 잘하는 사람뿐이고
자존감은 계속 낮아지고 도전할 용기가 안 나요.

가드 없이 물의 깊이도 모르고 뛰어드는 다이빙은 용기 있는 게 아니에요. 물의 온도와 주위 사람들이 알려 주는 안전 수칙을 잘 공부하고 **천천히 발부터 담가 보세요.**

제가 하고 싶은 전공과 일이 있는데
어머니 반대가 많이 심해요….
이제 정말 결정해야 하는데
어떻게 해야 할지 모르겠어요.

우리 어머니도 이쪽 분야는 싫어하
셨지만 지금은 너무 좋아라 하셔요.

열심히 해 보세요.
모두를 감동시킬 만큼.

제 나이 열아홉에 허리 디스크 초기와
무릎 연골 연화증 진단을 받았어요.
진로가 춤과 관련 있는데 요즘 너무 우울해요.

저도 천식으로 노래할 때 많이 힘들었죠. 올바른 복식 호흡을
배우면서 오히려 폐활량이 좋아졌답니다.

신체의 불편함은 그대를 더 강하게 할 뿐, 그대를 막을 순 없어요.

꿈을 잃으면 어떻게 해야 하죠?

잃어버릴 수 없기에
꿈이라고 하는 거죠.

하고 싶은 것은 정해져 있는데
저보다 잘하는 애들 때문에 열등감이 들어요.

Don't Race Just Jog.

경주하지 말고 조깅하란 말이죠. 백 미터 달리기인지 마라톤
인지 아무도 모르는데 왜 조급해하세요. 천천히 조깅하세요.

나를 온전히 믿고 의지하기가 어려워요.
특히 앞길과 결정에 대해서요.

다른 사람의 말을 믿고 의지한
다면 후회가 밀려오고 **날 믿고
의지하면 교훈이 따라오죠.**

그건 너무 책임감 없는 위로야….

난 그 대신 '잘 안 돼도 괜찮아'라고 말해 줄게요.

117

저 내년에 미국으로 유학 갈 건데 영어도 잘 못하고
미국 친구들도 잘 사귈 수 있을까 고민이고
왜 이렇게 쓸데없는 걱정들이 많을까요.
아직 해 보지도 않고… 못났어요.

미국 처음 갔을 때 말 한마디 못해서 화장실에서 울었던 저에서부터 미국 티비 프로그램 나와 영어로 사람들을 웃기게 된 저로서 확실히 말씀드릴 수 있는 건, 굉장히 힘들고 어려울 거라는 거예요. 그리고 또 드릴 수 있는 한마디는,

버티면 무조건 된다는 겁니다.

새로운 목표와 다짐은 늘어나는데
정작 하는 건 없어요.
자기 합리화를 하지 않을 순 없을까요.

자기 합리화처럼 합리적인 게
어디 있어요. 정신 승리만큼
큰 승리가 어디 있다고. **본인
을 먼저 인정하세요.**

거울을 통해 보이는 나 자신이 이상하지 않다면

내면이든 외면이든 그대로 두자.

내가 당당하다면 말이야.

거대하게 비춰지는 사람 옆에서 우리는

상대적으로 작아 보일 뿐,

실제로 작아지지는 않았다는 사실을 명심하자.

제가 꿈이 메이크업 아티스트인데
요즘 취업이 잘 안 된다고 해서 걱정이에요.
잘 될 수 있겠죠…?

생각할 시간.

꿈이 취업인가요 아니면 메이크업 아티스트인가요.

연습 때는 정말 잘하는데
막상 시합 때가 되면 긴장해서
연습 때 기량을 50%도 발휘 못 하는 것 같아요.

아직 자신을 확실히 **믿고 있지 않아서**입니다.

새로운 도전을 하려고 하는데
끝까지 잘해낼 수 있을까 걱정이에요.

도전은 **결심**이란 밥을 먹고
노력이란 물을 마시고
쑥쑥 자라서
결과라는 열매를 만들죠.

**그 열매의 퀄리티는 오로지
그대에게 달렸으니.**

저는 요리사를 꿈꾸는데
자격증 시험에도 계속 떨어져서
제가 선택한 진로에 의문이 들고 불안해요.

아기들은 쌓아 올린 블록이 무너져도 슬퍼하지 않아요. 오히려
재밌어해요. 이유는 뭘까요. 주위에 엄마나 아빠가 '아이고
잘한다, 내 새끼!' 해 주기 때문이에요. 블록과 진로는 다르다
고요? 그 아기에게 블록은 당시 가장 큰 목표일 수도 있어요.

이제 본인을 칭찬하세요.
아끼시고 사랑해 주세요.

'아이고 잘한다!'
그럼 마법처럼 삶이 재미있어진답니다.

자소서를 쓰는 건지
자소설을 쓰는 건지 모르겠어요….

뭐라도 드소서….

오늘은 대학교 수시 원서 접수를 했어요!
다 잘 됐으면 좋겠다.

접수하러 오가던 중에
오늘 날씨 참 좋은 것
도 느끼셨나요?

삼수하면 한심? ㅠ

삼수했다고 한심해 하면

한심

다음 주 시험인데 지금부터 벼락치기 중입니다.
할 수 있겠죠. 하.

벼락치기의 결과는 벼
락이 치고 난 그 자리
를 말하는 것이니.

저 내일 면접 보러 가요.
지금 기차 타러 왔는데 너무 긴장되네요.
저 잘 할 수 있겠죠? 응원해 주세요!

그대의 것이라면 면접보다 넘어져도 될 거고, 그대의 것이
아니라면 천재처럼 대답해도 안 될 것.

걱정 마세요.

시험 첫날인데
첫 과목을 망해 버렸어요.

첫 단추를 잘못 끼우는 것만큼
다행인 일이 없지요. **적어도 나머
지는 완벽하게 끼울 테니.**

'시간에 관한 사람의 유일한 능력은

미래로 갈 수밖에 없는 능력뿐이다'

우린 미래로 전진할 수 있는

무궁무진한 능력을 가지고 있지만

0.01초도 과거로 돌아갈 수는 없어.

큰 꿈을 가지고 시작했지만 시작부터 망했다면

어차피 돌아갈 수 없으니 앞으로 가자.

가지고 있지 않은 능력에 목메지 말고.

우리가 이미 가지고 있는 능력을 발휘해 봐.

전진.

은혜를 흘려보내면 당신의 관계가 풀린다

대학생인데 동기 부여가 안 돼요.
어떻게 하면 즐기면서 하루하루를 보낼 수 있을까요.

Not about what you do or where you do or how you do but always about who you do it for. That has been my biggest motivation for everything.

무엇을 하는지,
　어디서 어떻게 하는지가 아닌,
누구를 위해서 하는지가
　　　　　　늘 중요하죠.
저에겐 제일 큰 동기였어요.

공부를 해야 하는데
요즘 따라 공부가 되게 하기 싫어요.

확실히 **요즘 따라** 인가요.

저 회사 그만두고 싶어졌어요.
어쩜 좋을까요?

그럼 반대로
회사에서 해고 통보를
받게 된다면 어떨 것 같아요?

나에게 선택권이 없다고 가정하면 더 현명한 결정을 할 수도
있더라고요.

열심히 산다고 생각했는데
왜 결과는 항상 별로일까요…?

열심히 산 결과는 재물과 명예로 나타나지 않기 때문이에요.
그것들은 그저 일부일 뿐.

그대가 한 번이라도 웃었다면,
　누군가 그대에게 고맙다고 했다면,
　　어떤 것을 보고
　　　감성에 젖어 울거나 설레었다면,

그것들이 열심히 산 결과인 거죠. 결국 그대가 그대로 살아
있음이 열심히 살고 있다는 결과입니다.

전공을 잘못 선택한 것 같아요.
지금까지 한 걸 엎자니 했던 게 아깝고
새로 시작하자니 가족들한테 죄송해요.

심호흡을 하는 이유는 심장이 고르게 뛰면서 생각을 정리할 수 있기 때문입니다. 호흡이 안정되면 올바른 선택과 결정을 할 수 있는 확률이 높아지죠. 또 다른 이유는 잠시 아무것도 하지 않고 있어 보기 위함이에요.

길게 심호흡 해 봐요.
생각을 정리하고
올바른 선택을 하기 위한
여유가 생길 거예요.

이게 제 길이 맞나 싶을 때가 많아요.
분명 좋아서 시작했는데 너무너무 힘들고 지쳐서
제 길이 맞나 의문도 들어요.

초콜릿이랑 바닐라 아이스크림 사서 에어컨 쐬면서 좋아
하는 영화 한 편 봐요!

생각보다 쉬운 결정일 수 있어요.

이제 고3인데 공부할 의욕이 안 생겨요.
대학을 어디로 가야 할지도 모르겠고요.
전 망한 건가요?

대학을 어디로 가야 할지에 대한 고민 말고

어떤 사람이 되겠다는

목표부터 세워 봅시다.

이제 고3인데
아직 하고 싶은 것도 뚜렷이 없고
열심히 공부해야지 하는
열정도 부족한 전 어쩌죠.

정확한 진로를 모르는 이유는 본인 자신을 모르기 때문입니다. 본인 자신을 모르는 이유는 한 번도 궁금해하거나 물어본 적이 없기 때문입니다.

물어봅시다. 자신에게.

나는 누구인가요?

이제 다시 일해야 하는데
무슨 일을 해야 할지 모르겠어요.
딱히 하고 싶은 일도 없고.

일해야 하는 타이밍을 결정하는 게 경제적인 이유일 수도
있지만 뭘 할지 모른다면

그것 또한

올바른 타이밍은 아니죠.

이제 대학교 2학년인데
아직도 하고 싶은 게 없고 꿈이 없는데
인생 어떻게 해야 할지 모르겠어요.

하루가 모여 일주일이 되고 일주일이 모여 한 달이 되고 한
달이 모여 일 년이 되고 일 년이 모여서 인생이 돼요. 결국 나의
하루가 인생이 돼요.

그럼 천천히 생각해 보세요.
먼 훗날 말고
오늘 그대는 무슨 일을 하고 싶어요?

길을 헤매기 시작하는 순간은
'모르는 길'을 '열심히' 갈 때.
모르면 멈춰서 시간을 갖고
물어보고 생각해 보자.

지내다 보니
지금 결정하지 않으면 큰일 나는 일도 없고
나중에 해서 이득을 보는 일도 크게 없더라고.

큰일이 쉽게 나지는 않더라고.

그냥 잘하고 있다는 격려가 필요해요.
잘하고 있는 듯싶다가도
간혹 남과 나를 비교하며 조바심이 날 때가 있네요.

다른 사람이랑 같이 뛰면 내가 아무리 빨라도 나보다 앞에
뛰는 사람이 있는 한 난 영원한 2등.

나 혼자 뛰면
아무리 느리게 뛰어도 항상 1등.

혼자 뛰어요♡

아무 준비도 안 됐는데 퇴사하는 거
미친 짓이죠?

이럴 줄 알았으면서
입사도 했는데 뭐….

계획대로 되는 건 거의 없어요. 그저 감사하며 살아가는 것뿐.

해야 할 일을 잘 알고 있는데…
어려운 일이라 그런지 용기도 안 나고 자신도 없고
그냥 도망치고 싶어요….

그럼 도망쳐요!

그러다 또

돌아오고 싶으면 돌아와요!

제가 뭘 하고 싶은지 모르겠어요.
또래 애들은 꿈도 있고 열정도 있어 보이는데
전 목표가 없어서 너무 막막해요.

아이스크림 31가지 맛 중에 내가 제일 좋아하는 맛을 알아
내려면 적어도 30개는 먹어 봐야 한다는 거.

고3인데 내신이 너무 낮아서 대학은 갈 수 있냐고
남들 20대 중후반 때 집 사고 차 있는데
넌 뭐 할 거냐고 잔소리를 들었는데
그게 맞는 말인 것 같아요.
지금 무기력한 상태인데
제가 해낼 수 있을까요?

작은 그림을 그리는 시간은 짧지만 큰 그림을 그리는 데는
시간이 오래 걸려요. '20대 중후반까지 집과 차 장만하기'를
꿈으로 둔 사람의 말은 듣지 말아요.

그건 꿈이 아니에요.
더 크고 넓게 멀리 보세요.

입시 끝난 막 스무 살….
부모님이 입시가 끝난 이 시기에도
공부하라고 뭐라 하시네요.
공부 안 하고 놀고 싶은데 어쩌죠.

균형을 맞출 때
가장 중요한 점은
양 끝에 무엇이 있는지 보다도
가운데 어떤 것이
장대를 잡고 있냐는 것.

부모님의 의견도 중요하고 그대의 놀고 싶음도 중요해요.
하지만 중간에 그대만 자신 있으면 둘 다 잘할 수 있어요.

저 자신을 사랑하고 싶은데
그게 마음대로 잘 안 돼요.

가장 어려운 항목이죠.

주변의 것들을
사랑하지 않아야 하니까요.

그냥 너무 무기력해요,
요즘.

목표를 세워 보세요.
큰 목표 말고 하루의 목표.

예를 들어 밥 맛있게 만들어 보기. 밥 맛있게 먹어 보기.
친구 고민 들어 주기. 하루의 연료를 채우는 습관을 만들다
보면 멀리 와 있는 당신을 발견하리니.

제 주변에 있는 사람들이 다 졸업하고 잘 살고 있는데.
저는 너무 힘들어요!
저도 졸업하고 싶은데
시험들이 어렵고 자신이 없어서 울고 싶어요!

그냥 한 번 울고 맛있는 거 먹고 한숨 자고 떨어져도 된다
생각하며 편하게 공부해. 그럼 붙어요.

졸업보다 더 중요한 거 많아요.

저는 왜 잘하는 게 없는 것 같죠….
모든 게 나쁘지 않은 정도.
같이 달리는 친구들이 앞서 나가는 걸 보면
더 불안해져요.

지문 인식으로 수천억을 번 과학자는 알고 있었을 거예요. 세상 수많은 사람은 다 각기 다른 지문을 가지고 태어났다는 걸.

수억 명 중의 한 명이 아니라
한 명 중의 한 명이에요.

같이 뛰지 말고 혼자 뛰세요. 남이 정해 놓은 결승선을 향해 뛰지 말고 본인의 결승선의 만드세요.

작은 마음의 사람들은

남 이야기를 하기 좋아하며

남을 부러워하고

남을 질투하고 시기한다.

작은 마음의 사람들은 '남'의 삶을 산다.

큰마음의 사람들은

남의 이야기에 크게 신경 쓰지 않으며

자신의 기준에 행복해한다.

큰마음의 사람들은 '나'의 삶을 산다.

갑자기 요즘 현타가 자주 와요.
재미있는 일을 하고 싶은데
왜 전 스트레스 받는 일을 하고 있는지….

직장이란 행복하고 좋은 일을 하는 곳이 아닌 스트레스
받으며 일을 하고 스트레스를 안 받을 것을 얻고 살 수 있게
돈을 주는 곳입니다.

잠이 안 오는데
뭘 해야 잠이 올까요?

잠은 오는 게 아닌
　　　내가 가야 하는 것.

내일 생명 윤리학 시험인데 절반밖에 못 봤어요.
어쩌죠?

생명ਰ 보세요!

요즘따라 정신을 못 차리는 것 같아서
제 자신에게 화가 나요….

'넌 왜 이래?'
'정신 좀 차려!'
같은 날카로운 말을 듣기엔
우린 우리 자신에게

이해해

충분해

잘했어

라는 말을 안 해 주고 지내는 것 같아요.

어렸을 땐 내가 뭐 대단한 사람이 될 줄 알았는데
갈수록 현실에 주저앉아 버리네요….

고모할머니를 뵙고 왔어요. 올해로 97세가 되신 할머니는
못 알아보실 정도로 많이 늙으셨더라고요. 제가 누군지 어디
서 왔는지 눈을 마주치고 몇 번을 이야기했고 할머니는 같은
말씀만 반복하셨어요.

할머니는 지금쯤 대단한 사람이 되지 못한 것에 후회는
절대 없을 것 같아요. 앞에 있는 사람을 알아보기에도 급급하
셨으니까요.

어렸을 때나 지금이나 나중에나 대단한 사람이 되는 것은
중요한 게 아닙니다.

좋은 사람이 되는 것이 중요해요.
우리 인생은 남과 비교하며
우울해하기엔 너무 짧아요.

러닝머신에서 뛰는 것보다 야외에서 뛰는 것이 훨씬 힘든 이유는 뭘까요? 기계가 맞춰 주는 반복적인 템포에는 적응하기 쉽지만, 밖에서는 모든 변수에 맞춰가기 위해 근육이 더 많은 일을 해야 하기 때문이죠.

반복된다고 안 좋은 것도 아니며
항상 다르다고 좋은 것도 아닙니다.

내가 뛰는 공간이 다를 뿐이지 우린 하루가 다르게 성장하고 있다구요.

과연 제가 잘 하고 있는 걸까요.
지금의 모든 것들을….

좋은 결과를 기대하고 상상하는 순간 그때부터 몸은 얼고 마음은 두렵고 불안해져요.

그 어떤 결과도 기대하거나 상상하지 말고 지금 그대 위에 있는 하늘을, 발밑에 핀 꽃을 봐요.

그들은 그들 자체가 아름다워요.
무엇을 크게 이루지 않아도.

단발머리가 나을까요
긴 머리가 나을까요?
제 평생 고민!

예쁘면 다 어울려요.

고로,

그대는 다 어울려요.

그래 잘했어.

내일이 오늘이랑 비슷하게 흘러간대도 괜찮아.

정말이야.

세상 사람들은 다 그렇게 지내고 있어.

괜찮아.

2년 전만 해도 별명이 헬스녀였는데
요즘 모든 운동이 재미없어요.
체력도 급격히 바닥이 됐고요.
저 어떡하죠?

그것 자체를 즐기는 시간이
필요한 것일 수도.

제가 지금 제대로 일을 하고 있는 건지
너무 기계적으로만 하고 있진 않은지
다른 일을 찾아야 하는지 고민이에요.

차가 가다가 문제가 있는 것 같으면 연료도 넣어 보고 배터리도 체크하고 해야 하지만 네비게이션도 한번 체크해 봐야 해요.

요즘 너무 무기력한 것 같아요.
뭘 해야 의욕적으로 바뀔까요?

발을 디딜 바닥까지 가야
다시 일어설 수도 있는 것.

다이어트 하는데 슬럼프 왔어요.
독한 말 좀 해 주세요.

세상에서
과정보다 결과가 더 중요한
유일한 것은 다이어트뿐.

요즘 무기력해요. 노잼 시기라고 하죠.
대체 이걸 어떻게 극복해야 할까요.

무기력증을 극복하려고 발버둥 치는 분들의 심리가 너무
궁금해요.

아니 무기력을 어떻게 극복하지….
극복이 되면 그게 무기력증인가….

내일 전공 시험을 2개나 보는데
저는 왜 인스타하고 있을까요?

그 전공으로

먹고살지 않을 것을

본능적으로 알아서?

더 이상 미루면 안 되는 해야 할 일이 있는데
너무너무 하기 싫어서 미치겠어요.
어쩜 좋을까요. 엉망이에요….

모기에게 물려 그곳을 자꾸 긁는 이유는 '간지러워서'가
아닌 아주 미세한 '고통' 때문이라는 걸 알고 계시나요. 미룬
다는 건 그만큼 귀찮아서일 수도 있고, 중요하지 않아서일
수도 있고, 정말 너무 어려워서일 수도 있고. 이유가 어찌 되
었든 그건 결코 '간지러워서' 하는 행동이 아닌 그대의 생활
에 '고통'을 주고 있는 것임을 알려드려요.

저는 왜 지금 얼른 끝내야 할 과제에
집중을 못 하고 있는 걸까요.

우리 맘대로 집중이 되면
세상은 돌아가지가 않아.

고3인데 공부가 잘 되지 않아요.

잘했어요. 대충 해요.
공부는 영원히 잘 안 돼요.

일찍 퇴근하고 다 같이 한강 가서
치맥 피맥 하려고 했는데
자꾸 윗분들이 일을 더 주시는 바람에 망했네요.

치맥 피맥을 막는 회사를
왜 아직도 다니고 있는가.

우리 모두는 다 **인생 1회차**야.

자신한테 너무 팍팍하게 하지 마.

다 거기서 거기일 거야.

또렷한 꿈이 없어서 공부 의욕도 안 생기고
이렇게 2년 보내다가는
나중에 후회할 제 모습이 너무 한심해요.

조그마한 바퀴는 천 번을 굴러야 100미터를 가고, 큰 바퀴는
조금만 움직여도 100미터는 갑니다. 자신을 크게 생각하고
크게 가꾸세요.

대학을 오긴 왔는데
적성에 안 맞는 것 같아요….

맞는 길은 없어요.
정해진 길이 없기 때문이죠.

결정하고 그 결정을 맞는 길로 만드세요. 할 수 있고 충분히
많은 이들도 그렇게 해 왔어요. 파이팅.

내일 점심으로 소고기 먹을까요,
돼지고기 먹을까요. 진짜 고민….

헐…

왜 하나를

골라야 해…?

면접 준비 중인데
꿈도 확실치 않은데 왜 이러고 지내야 하나,
이렇게 지내는 게 맞나 싶어요.

많은 분이 꼭 꿈을 직업 삼아야 한다는 착각을 하시는 것
같습니다.

꿈은 꿈이고 직업은 직업이죠.

'꿈의 직장'이라는 말은 남이 정한 기준이고, 오히려 그곳에
다니는 당사자들은 '직장'으로만 생각할 수 있어요.

꿈은 돈을 벌지 않아도 그거 자체가 행복한 거예요. 제 꿈은
정말 선한 영향력을 펼치는 사람이 되는 거예요. 그건 저의
직업이 아니죠.

오늘 두 번째 시험을 보았는데 너무 망쳤어요.
멘탈 엄청 나갔는데 저 어떤 방식으로 대학을 가고
어떤 방식으로 돈을 벌 수 있을까요.
하는 데도 나아지는 모습이 안 보여서
엄마한테 너무 죄송해요.

공중을 나는 새도
대학 안 가고 잘만 삽디다요.

걱정 마요. 그대가 정말 두려워할 문제는 바로 이유 없는
대학 진학입니다.

'어떻게 가야하나'보단 '왜 가야 하나'를 본인에게 물어보세요.

승진될 줄 알았는데 안 됐어요.
오늘 연봉 협상하면서 올해도 잘 부탁한다고 하셨는데
동기부여가 안 되네요. 괜히 우울….

고생했어요, 그래도.

고급 차에 안 좋은 기름을 넣으면 가긴 가겠지만 얼마 가지 못하고 차는 망가질 거예요. 고급 차에는 좋은 기름을 넣어 줘야 멀리 가고 차도 건강하죠.

많은 사람의 동기부여는 위치와 돈이죠. 하지만 그것은 제 경험상 안 좋은 기름이라 말씀드리고 싶네요. 가긴 가겠지만 얼마 못 가 본인을 해치는.

본인을 고급 차라고 생각한다면 더 고급인 원료를 찾아 보세요. 분명히 있을 거예요. 수고 많았어요.

이제 막 20살이 됐는데
제가 성인이 되기도 전에 취업을 했어요.
근데 일이 저랑 너무 안 맞고 힘들어서
한 달 고민 끝에 그만뒀어요.
다시 일자리 찾으려니 너무 막막한데 어떡하죠.

일은 우리를 맞춰 줄 필요도 없고 우리를 마음에 둘 필요도
없어요. 일은 일이에요.

모든 일은 힘들고 막막합니다.

일하기 싫어요.
어쩌죠?

일을 사랑할 이유도 없지만
싫어할 이유도 없다.

수험생 우울증 결국 와 버렸네요.
앞으로 몇 개월은 더 버텨야 하는데 자신이 없어요.

체질을 개선하는 데 6주의 시간이 걸린다고 합니다. 버티지
말아요. 6주 후의 모습을 상상하며 즐겨 보아요.

대학 입학 후
학과가 적성에 맞지 않다는 걸 느꼈어요.

내 입맛에 맞는 식당을 찾기 위해서도 수없이 많은 곳을
방문하는데 나의 인생이 걸린 진로는 얼마나 많은 시행착오
를 해야겠어요? 맞지 않는 게 당연해요.

손바닥을 내 눈에 가까이 대면

내 손바닥밖에 안 보여.

손바닥이 세상보다 큰 것도 아닌데 말이야.

한두 발짝 물러나서 손바닥 너머에 있는 것들을 봐봐.

그러다 보면 가끔

내 손바닥이 얼마나 작은지 깨닫게 될 때도 있어.

'그것'만 바라보고 있으면 크지만

'그것'들이 생각보다 작을 때가 많아.

키가 작아요.

굉장히 사랑스럽겠군요.

올해 29살인데
30살 되기 전에
꼭 해야 할 일이 있다면
뭘까요?

부모님에게 감사하다고 말하기.

면접에서
떨어진 이후로
자존감도
많이 낮아지고
우울한 상태인데
어찌해야
좀 나아질까요?

크리스마스 때 받고 싶었던 선물을 못 받아서 울었던 자신을 생각해 보면 귀엽더라고요. 본인이 오늘 얻지 못했던 것은 나중에 보면 받지 못한 크리스마스 선물처럼 느껴질 거예요. 우린 성장하고 달라집니다.

16살 학생인데 되고 싶거나 하고 싶은 일이 딱히 없어요. 어떻게 하나요?

전 30인데 없어요. 그래도 괜찮아요. 재미있어요 하루하루.

배부른데
자꾸 먹게 되는
이유가 뭘까요?

안 불러서.

갑자기 배고픈데 어머니 몰래 라면 먹다가 들키면 어떡해요?

그럼 라면 님이 놀라시지 않게 몸으로 가려 드리세요.

사진 하나 올릴 때에도
남들의 시선을 신경 쓰고
내가 어떻게
보여지는지를
걱정하는데
자존감이 낮은 걸까요?

예쁘고 멋지게 나온 거 고르는 게 그리 잘못된 일인가.

자존감이 바닥입니다.
매사에 눈치 보게 되고요.
자존감 UP 하는 법
없을까요….

남에게 인정받으려는 순간 자존감은 바닥이 됩니다. 본인을 믿어요. 나 혼자 사는 세상은 아니지만 누군가를 위해 살 필요도 없어요.

달은 하도 예뻐서 가려져 있어도 이름을 붙여 준다.

초승달 그믐달 반달.

다 가려지지 않는 이상

달은 어떻게 가려져도 예쁘고 빛이 난다.

나도 그렇고 너도 그렇다.

우리가 다 가려지지 않는 이상 우린 아름답다.

아무리 작아도 나 자신이 빛이 난다면

우린 어디서나 아름답다.

25살에 결혼해서 지금은 애기가 둘이에요. 둘째까지 크면 이제 내가 무슨 일을 할 수 있을까 매일이 고민이네요.

어린 꼬마는 자라서 학교에 다니고 사랑하는 남자를 만나 아름다운 아이를 두 명이나 낳고 지내고 있습니다. 이 모든 시작이 한 꼬마 아이였다는 사실을 잊지 마세요. 우리는 우리 자신을 과소평가합니다. 이미 너무 많은 것을 이룬 상태에서도요.

24시간이 모자라···
어떡해···.

    잠을 좀 더 자요. 좀 더 뒹굴뒹굴. 더 놀고 조금 더 게을러 지면 24시간도 충분해질 거예요.

    생각보다 많은 것들이 불필요해요.

지난 12월에
박봉 월급이
오르질 않았어요.
말하고 싶지만
상황이 어려워서…
말을….

말하지 않으면 모르는 것이 몇 가지 있는데 하나는 짝사랑
이고 하나는 박봉 월급입니다. 주는 사람은 박봉인지 몰라요.

잠시 쉬어 가도
괜찮겠죠?

쉬어 가다···:

슬프다. 쉬면서도 갈 생각을 하네.

일단 쉬는 것부터.

우울한데
우울하면
안 될 것 같아요.
어떻게 해야
덜 힘들까요.

놀랍게도 우울이란 감정은 행복하려고 발버둥칠 때 생기는
감정이랍니다.

학교에서 받는 스트레스가 너무 심해서 휴학을 했는데 이젠 집에서 난리네요. 저 어디로 가야 하는 거죠….

갈 곳은 많으나 갈 필요는 없어요. 집에서 난리, 학교에서 난리여도 결정한 것에 대해 후회하지 말아요.

개미가 조약돌 들고 가는 거 보면서 '엄청 낑낑대네' 할 수 있지만 개미는 알아요. 얼마나 무겁고 죽을 것 같은지.

내가 겪는 아픔과 슬픔의 정도는 내가 가장 잘 알아요.

수고 많았어요. 일단 며칠 쉬세요.

아파서 병가 내고
회사 복직했는데
돌아오자마자
일이 너무 많아요.
매일 야근해요.

그대에게 필요한 건 '고생 많아요' '힘내요' 같은 격려가 아니라 '지금이라도 늦지 않았으니 그만두더라도 몸을 더 챙겨요' 같은 용기 같군요.

일하려고 일하지 말기.
행복하려고 일하기.

왜 사는 건
이별의 연속일까요?

그래야 하나하나 건너 어딘가에 도착할 수 있으니까요.

웃고 싶어서 웃었던 하루였기를.

날씨가 좋아서 괜히 웃어 본 하루가 되었기를.

계절이 바뀌는 그 순간

우리에게 선물처럼 준 며칠 없을 날씨에

그저 웃어 본 하루가 되었기를.

오늘은 그냥 한없이 우울하고 짜증 나요. 이럴 때 무엇을 하나요?

끝까지 한없이 우울하고 짜증내다가 잠들어요.

전 저의 짜증과 우울도 사랑해요♡

12시 넘으면
스무 살이 되는데
아직 어른이 될 준비가
안 된 것 같아요.
생활도 유학도
혼자서 하는데
많은 게 힘들어요.

내가 만약 사랑하는 사람을 위해 희생할 용기와 믿음이 있다면 우린 그것을 '어른'이라고 불러요.

그 어떤 준비도 과정도 필요 없어요. 어른은 나이를 이야기 하는 게 아닌 성장을 의미하는 것 같아요.

생일 축하해요.

2달 동안 텍사스 여행 다녀왔습니다. 일상생활로 돌아와야 하는데 쉽지가 않네요.

텍사스에서 한국으로 놀러 오셨던 분들은 텍사스에서 힘들어하실까요.

여행의 여운을 억지로 끊지 마세요!

일상의 활력소가 되기 위해 떠난 여행이지 일상을 힘들게 하려고 간 여행은 아니잖아요.

일상도 멀리 보면 여행입니다.

쌍수하고
곧 출근인데
걱정돼요.
안경 끼고
앞머리 내릴 거긴 한데
사람들이
물어볼 생각 하니….

숨기려 하면 보일 테요, 숨기지 않는다면 안 보이리라.

행복했던 날도
많았지만
불행했던 유년 시절이
종종 떠올라요.
시간이 꽤 지났는데도
떠오르면
기분이 처져요.

천천히 하세요, 뭐든. 약도 더 바르고 반창고도 붙이시고.
천천히 안 좋았던 기억들을 '오늘'이란 약으로 치료해 보세요.

집을
나갈까요?

다시 들어오실 거면 나가세요. 다시 안 들어오실 거면 나가지
마세요. 집보다 따뜻한 곳은 없더라고요.

요즘 여러 가지로
너무 우울해요.
우울할 때
어떻게 하세요?

아직 작은 여드름은 잘 짜지지도 않고 짜면 아프기만 하죠. 근데 시간이 지나 여드름이 커지면 짜기도 쉽고 생각보다 안 아파요. 우울하면 우울한 대로 기다려 보세요. 차고 차서 적당한 시기가 옵니다.

빵 하고 알아서 터져 없어질.

다이어트를 해야 하는데 딱 결심할 수 있도록 한마디 해 주세요.

진주도 꺼내야 하고 다이아몬드도 발굴해야 하고 꽃도 땅을 뚫고 나와야 아름답다고들 한다.

힘들게 땀을 흘린 노력의 결과는 언제나 아름답다.

저 운동하는데
살 빼라고
열심히 하라고
따끔한 한마디….

    따끔한 충고는 다이어트에 도움이 되지 않습니다. '우와 너 살 많이 빠졌다' '엄청 예뻐짐' 이런 칭찬이 그댈 움직이게 할 거예요.

오늘 하루도 고생 많았어요.

우리 다들 천천히 가도 되니까

천천히 합시다.

그게 무엇이든.

고민이 많아
머릿속이 뒤죽박죽이고
마음이 혼란에
빠져 있는 상태일 땐
어떻게 해야 하죠.

이런 말 하면 너무 무섭지만 만약 내일 죽는다고 하면 지금 하고 있는 고민들은 아무 의미 없어지죠. 물론 내일 우리 모두 죽진 않겠지만 사람들은 때론 영원히 살 것처럼 고민하고 혼란에 빠져 있어요. 행복할 시간도 모자란데.

오빠는 20살 되었을 때
뭐 했어요?

영원할 줄 알았죠.

요즘 그냥
훌쩍 어디론가
떠나고 싶어요.
아무것도 안 하고
정말 휴식을
취하고 싶은데
그럴 수 없는 현실이
너무 힘들어요.

현실을 벗어나고 싶어 떠나는 것이 여행이라고 하지만 현실의 문제를 푸는 것이 더 우선이라고 생각해요.

내가 행복하기 위해 하고 싶은 것과 현실적으로 주변 사람들이 바라는 것 중 내가 우선이 되는 게 맞는 거겠죠?

과연 주변 사람들이 그대보다 그대 인생에 대해 고민하고 생각할까요?

기분 좋은 일이
갑자기 일어났으면
좋겠어요.
너무 힘들어서
작은 일 하나에도
기분이 좋아질 것
같은 요즘.

아침에 눈을 뜨는 것 자체가 축복이자 선물인 걸요.

화가 날 때
어떻게 참으시나요?

    화는 결국 사랑의 결핍 같아서 다른 곳에서 사랑을 받으려고 해요.

우울하고 힘들 때
어떻게 해야 할까요?

　혼자 극복하려 하지 말고 항복하고 누워 있으면 누군가 일으켜 주러 올 거예요.

조금 억울하게
해고를 당하게 돼서
앞길이 막막한
백수가 되어 버렸는데
그래도 어떻게든
살아갈 수 있겠죠?
희망을 주세요.

고생 많으셨어요. 쉬면서 좋은 영화, 음식 즐기세요. 적어도 지금은.

슬펐다면 울고

기뻤다면 웃는

하루가 되길.

내일 치킨 시켜
먹고 싶은데
무슨 치킨
시켜 먹을까요?

감히 우리 인간 따위가 치킨 님을 고를 수가 있더냐. 오시고 싶은 대로 오시라 하여라.

아들 셋의 엄마예요. 애들 키우느라 보육교사로 일하고도 집에 와서 밤엔 부업을 해요. 엄마 하기 힘들어요.

전 어릴 때 우리 엄마 성함이 '희준이 엄마'인 줄 알았어요. 어머니들의 사랑은 정말 놀랍습니다. 모든 정체성을 본인보다 아이에게 맞추는 경우가 더 많죠. 헌신하는 마음과 정성에 전 이렇게 오늘도 사랑받고 잘 지내고 있습니다만, 고생하시는 어머님들께 본인의 이름은 한 번씩 불러 보면서 살아가시라고도 말씀드리고 싶어요. 아들들을 대신하여 감사해요. 그리고 고생하셨어요.

미용실 다녀왔는데
머리가 망해서 우울해요.
여행 가기 전
기분 전환하려고
큰맘 먹고
큰돈 들였는데.

괜춘괜춘. 머리는 다시 돌아오지만 지금은 돌아오지 않아요. 즐겨요. 해피 여행.

요즘 너무
우울한 생각이
많이 드는 것 같아요.
우울할 때 어떻게
기분 전환을 하나요?

'아, 우울하네. 오늘은 끝까지 우울해 보자'

하고 바닥을 쳐요. 바닥 치니까 일어날 수 있었어요.

아침에 일찍
일어나는 방법 있나요?
아침형 인간이
되고 싶어요.

'아침형 인간이 보통 사람들보다 다른 점은 조금 더 거만한 것뿐이다'

내가 제일 좋아하는 명언.

이루고 싶은 목표가 저에겐 그저 불가능으로만 느껴져서 너무 불안해요. 열심히 하면 정말 이룰 수 있는 거겠죠?

아니요. 열심히 해서 모든 게 이루어진다면 세상은 참 살 만하겠죠. 노력하는 도중에 소소한 행복을 찾아가는 게 사람들이 이야기하는 '삶'인 것 같습니다.

오늘 재미있게
놀았다고 생각하는데
허한 기분은 뭘까요?

재미있는 시간을 보내는 것과 꽉 찬 시간을 보내는 건 다를 거예요. 힘들고 지친 하루가 꽉 찰 수도 있고 재밌고 웃겼던 하루가 텅 비어 보일 때도 있죠.

이유는 뭘 하느냐가 중요한 게 아니라 누구랑, 왜 했느냐가 중요해서겠죠.

쓸쓸하고
외로울 틈 없는,
아주 바쁜,
하늘 한 번
쳐다보기 힘들고
숨 막히는
하루를 보냈어요.

좋은 하루의 기준은 누구에게나 다르죠.

많이 바쁘고 힘들었다면 그댄 어딘가에서 누군가에게 굉장히
중요한 사람이었겠네요.

비가 옵니다.

이 비는 누군가에겐 꿉꿉하고 성가신 존재겠지만
지금, 누군가에겐 생명수가 될 수도 있겠죠.

우리 멀리 크게 깊이 보고 생각해요.
오늘 하루도 수고 많으셨습니다.

요즘엔 너무
행복한 것 같아서
그냥 지금을
즐기려고요.

그 행복이 가능한 것도 예전이 있었기 때문이니, 나중에
그러지 못하더라도 오늘을 꼭 기억하시길.

이 많은 세뱃돈을
어디에다 써야
잘 썼다고
소문이 날까요?

안 써야.

'이렇게 살아야 해'의 강박에서 벗어나고 싶어요. 나에게 좀 더 자유를 주는 마인드 컨트롤 방법이 있을까요?

작은 것을 사랑하고 그에 감사하다 보면 **어떻게 살아도 기적**인 것을 알게 되더라고요.

20대 후반
소년 가장입니다.
사치인 것 같아서
여행 한 번 안 가봤는데,
잘못된 생각일까요?
청춘일 때 무엇이든
도전해야 할까요?

필요한 걸 하고 해 보고 싶은 걸 하는 건 그대가 누구이든
할 수 있는 그대만의 권리.

방학이라고 너무 늦게 일어나고 있는데 일찍 일어날 수 있는 팁이 있나요?

늦게 일어나라고 만든 게 방학 아님?

사소한 일에
짜증만 가득한데
감사하고
긍정적인 마음
어떻게 가지나요?

모든 감정의 시작은 결심으로.

모든 방향성의 시작도 결심으로.

요즘 10분마다 기분이
오르락내리락해요.

살아 계시는군요.

식단 관리를 해야 하는데 매일 배고파요. 할 일들이 많은데 계속 누워만 있고 싶어요.

'부지런하다'의 기준은 누구나 다르죠. 일을 해야 행복한 사람이 있고 누워 있어야 행복한 사람이 있죠. 뚱뚱해야 만족하는, 날씬해야 만족하는 사람들이 있듯이.

슬프면 눈물이 난다고
더우면 땀이 난다고

심지어 봄에 꽃이 피고 밤에 달이 뜬다고
아무도 화내는 사람 없어.

우린 점점 괴팍해질 거고
나이가 들면 모든 게 귀찮아질 거야.

당연한 것에 스트레스 받지 말자.

지친 영혼을 위한

꽃들이 들려주는

당신의 고민을 들어주는

연애를 해 보고 싶은데
좋아하는 사람도
저를 좋아해 주는 사람도 없네요….

오, 어디서 그대를 위해 멋지게 잘 지내고 있나 보다. 그대도
멋지게 잘 지내고 있어요. 그대와 똑같은 고민을 하고 있을
그 사람을 위해.

어떡하면 좋아하는 사람의
좋아하는 사람이 될 수 있어요?

연인이 되면요!
인연이 되면요.

여자가 먼저 고백하는 건 어떤가요?

어허. 여자고 남자고 서로 이성에게 감정이 있으면 표현하는 것이 좋지 않겠나요?

좋아하는 사람이 생겼습니다.
그 사람한테 피해가 갈까 봐 안 좋아하고 싶은데…
그러다가도 좋아해도 될 것 같기도 하고.
어떻게 해야 할까요?

내가 누굴 좋아하겠다는데 누구 허락을 받아야 합니까?
맘껏 좋아합시다.

잊혀진 사람 같아서 쓸쓸해요.
혼자 외톨이가 될 때는 무얼 해야 외롭지 않을까요?

믿으실진 모르겠지만 친구가 많은 사람도, 많은 사람에게
사랑받는 사람도 항상 외롭다는 느낌이 든다고 해요.

우리는 이 세상에 살면서 가끔 사랑받고 있고 행복하다고
착각을 하다가 외롭게 떠나는 것 같기도 하네요.

쓸쓸함은 태어나서 죽을 때까지 모두에게 따라다니는 친구
같은 감정이에요. 그러니까 차라리 그 감정과 친해지는 것도
나쁘지 않은 방법인 듯.

한 사람에 대한 마음이 너무나도 커져
그 사람에게 부담을 주게 될까 봐
마음을 줄이고 싶어요.
하지만 쉽지가 않네요….

남을 향한 감정을 컨트롤할 수 없기 때문에 우린 '상처'를
받지만 그로 인해 때론 '사랑'도 하게 되죠.

희망이 존재하기 위해선 절망이 존재해야 합니다.

을의 연애. 어떻게 생각하세요?
그냥 따지지 말고 재지 말고
후회 없이 사랑하면 되는 거겠죠?

갑과 을이 유일하게 존재하지 않는 것이 사랑인데 거기서
도 갑과 을이 있다면 그건 너무 힘든 것.

전 고시생이에요.
저랑 엄청 엄청 잘 맞고 서로 호감도 있는 분이 있는데
저 때문에 힘들어 할까 봐 연애를 못 하겠어요.

　걱정을 둔갑한 예상은 늘 어둡지만 희망으로 감싼 예상은
늘 설레지요.

좋아하는 오빠가 생겼어요.
어떡하지요?

사랑할 준비 하세요.

하늘이 예뻐서 생각나고, 바람이 좋아서 생각나는.
기뻐서 생각나고, 슬퍼서 생각나는.
장거리 연애는 서로의 마음을
최단 거리로 만들어 주는 것 같아요.

사랑은 아름다운 것이 아니라 처절하고 아프고 그리운 것.
제대로 하고 계시네요.

배고프니까 밥 사 달라는 듯이.

추우니까 히터를 틀어 달란 듯이.

외로워서, 심심해서, 만날 때가 되었으니까,

헤어진 사람을 못 잊겠어서,

남들 다 있는데 나만 없어서, 날씨가 좋아서….

언젠가부터 무엇무엇 해서 누군가를 만나야겠다는 말들이

당연하게 들려오더라.

하지만 '인연'이란.

언제, 어떻게 만나 왜 사랑에 빠졌는지도 모르는

그냥 정신 차리고 보니 내 옆에 있는

이유와 과정을 설명할 수 없는

세상에서 가장 순수한 가치이다.

인연을 찾기 위해 애쓰지 말자.

너무 나쁜 사람인데도
보고 싶다는 게 싫네요.

그 사람이 나쁜 사람인데 왜 자신을 싫어해요. 기억이 추억
으로 바뀌는 방법은 시간이 아니라 본인의 마음가짐이에요.

이제 놔 줍시다. 그 나쁜 놈도 그대도.

헤어짐이 두려워서
연애를 하기 겁나요.

배 아프기 두려워서 밥을 먹기 겁이 나나요. 적당히 먹고
좋은 음식을 먹으면 돼요. 모든 이치는 같은 것.

여자 친구를 왜 못 만들까요?

'I have to make girlfriend'라는 말은 쓰지 않습니다.
'I need to meet someone'이라고 하지요.

만남의 시작은 만들어지는 게 아닌 운명 같은 것.

2년 사귄 애인과 헤어졌는데
생각보다 안 힘들어서 당황스러워요.
이게 정상인 걸까요?
제가 나쁜 사람인 건가요?

그저 사랑에 최선을 다해서 후회가 없는 사람.

남자 친구가 일에 치여 힘들어해요.
그런데 제가 해줄 수 있는 게 없어서
너무 속상해요. 미안하고.

　그분을 힘들게 하는 건 일이지 그대가 아닌데 왜 미안해
하나요. 사랑할 시간도 모자란데.

이제 정말 아니라고 끝을 내고 벗어나야 하는데
끝이 한도 끝도 없어요.
어떻게 해야 그 사람을 잊을 수 있을까요.

한때 나를 살아 있다고 생각하게 해 준 사람이라면 그리워
하고 눈물 흘릴 수 있는 것도 어찌 보면 행운일세.

꽃을 억지로 꺾지 마시오.

시간이 지나면 알아서 시들 터이니 피어 있는 꽃을 지금은
마음껏 사랑하고 그리워하라.

제가 진짜로 사랑하는 사람이 외국에 사는데요.
그리워서 죽을 것 같아요.

누군가를 그리워한다는 건 세상에서 유일하게 보장된
행복이다.

좋아하는 사람이랑 4개월 째 연락 중인데
아무런 진전도 없고 저를 귀찮아하는 것 같아요.
어떡해야 되죠.

　남녀 사이 정답은 없지만 오답도 없어요. 본인 마음이 이끄는
곳으로 가세요.

마음을 모르겠어요.
그 친구는 저를 정말 좋아하는데
저는 어떤 마음인 건지.

'SOME 탄다'의 SOME은 Somthing going on의 줄임말로
'무언가 알 수 없는 일들이 있다'라는 뜻.

지금은 알 수 없는 게 당연.

썸인지 뭔지 모르겠는 사이인데
어떻게 해야 할까요.
저는 걔가 너무 좋은데 걔 마음을 잘 모르겠어요.

모르면 모르는 대로 알면 아는 대로… 그 오묘함과 신비함을
즐기시게요. 답을 아는 순간 마술은 시시해지잖아요.

'Are we on same page?'

직역하면

'우린 지금 같은 책장을 보고 있는 건가?'

의미는

'우리 지금 같은 생각인 거야?'

생각을 책으로 표현한 이유는

'같이 여기까지 왔고 다음 장을 같이 넘기고 싶다'

인 것 같아.

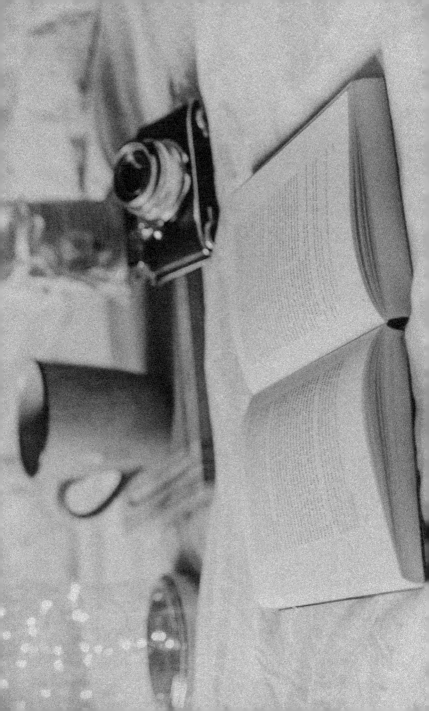

진짜 믿음의 배우자를 만나기 쉽지 않네요.
어디 있나요!

나의 만족함을 위할 때가 아닐 때 나타날 듯합니다.

남편이 너무너무 이기적이라서
저에게 하나도 안 맞춰 줘요.

말하지 않으면 모르는 신기한 생명 '남친'
말해도 모르는 신기한 생명 '남편'

짝사랑하는 오빠가 답장을 안 해요….

답장을 하면 짝사랑이 아니지요….

짝사랑하는 남자애가 저를 좋아하는 건지,
어장 관리를 하는 건지 헷갈리는데
다른 친구들은 포기하지 말고 고백해 보라는데
어떻게 해야 할지 고민이에요.

그대를 원하고 좋아하는 사람은 그대를 헷갈리게 하지
않아요. 대답은 No일 테지만 고백 자체에 의미를 둔다면 그렇
게 하세요. 그렇지 않다면 그 어항에서 나와요, 인어공주님.
왕자님이 기다려요.

연애하고 싶은데 연애하는 방법을 모르겠어요.

바람 불듯 스며드는 것이 연애인 것을. 방법 따윈 없는 듯.

전 남친이 계속 생각나요.
연락하면 찌질하겠죠?
어떻게 잊을까요?

다른 좋은 사람을 만나세요. 그럼 마법처럼 잊혀질 거예요.
그리고 전 남친에게 연락하지 않은 오늘을 너무나 감사해
하겠죠.

남자는 좋아하는 여자
헷갈리게 하지 않죠?

길을 헤맬 때나 어지러울 때 잘 지켜보면 우리가 움직여서 그런 거예요. 가만히 보면 모든 건 그 자리에 있어요. 헷갈리지 않기 위해선 우리도 가끔은 가만히 있어 봐야 합니다.

남자 친구가 예전에 비해
애정 표현이 줄은 것 같아서 너무 서운해요.
말을 해도 안 바뀌고.

일상생활에서 가장 많이 쓰이는 물은 뜨겁지도 차갑지도
않은 미지근한 물입니다. 전보다 뜨겁지 않다고 사랑이 없는
건 아닐 터.

저를 절대 이성으로 생각하지 않을 것 같은
7살 차이 나는 오빠를 짝사랑하고 있어요.

이뤄진다고 행복을 장담할 수 없지만 알리지 않는다면 이
루어지진 않는다고 장담할 수 있다네.

1년 동안 미치게 짝사랑했던 사람이 있는데,
그 시간이 너무 후회가 돼요.
진짜 나쁜 사람이었거든요.

여미다

아무리 여미어도
틈으로 흘러나오는 그대가 나에게 보인 것이니.
묶어도 흘러나오는 그대가 나에게 들린 것이니.
난 나를, 그대를 후회하지 않으리.
아무리 여미어도 그대는 나에게 보였을 테니.

사람의 시간은 앞으로만 가기 때문에
'하지 말걸'이라는 후회는 훌륭한 경험으로 진화하고

사람의 시간은 일 초도 뒤로 갈 수 없기 때문에
'해 볼걸'이란 후회는 지날수록 뼈아픈 공백이 되더라.

그래서 우린 결과가 어떻든
우리가 했던 모든 일을
소중하고 자랑스럽게 생각할 이유가 있어.

좋아하는 사람이 있는데
고백했다가 친구로도 못 지낼까 봐 걱정돼요.
계속 보고 만나고 싶은 사람인데….

'마음에 들어'라는 표현을 가장 좋아해요. 누군가 또는 무엇이 내 마음에 **들어왔다**. 너무 예쁜 표현.

그대의 마음속에 들어온 그 사람을 집주인답게 재촉하지 말고 그대의 방도 구경시켜 주고 맛있는 것도 해 줘요. 그러면 그 사람이 떠나고 싶지 않다고 얘기하지 않을까요?

좋아하는 사람이 너무 철벽남이에요.
그냥 포기해야 할까요?

　철벽 뒤에 있는 사람을 만나기 위해선 기다리는 일뿐입니다. 철벽은 처음부터 누군가를 막기 위해 만들어진 것이므로 본인이 허물어트리고 싶어 할 때까지 기다려 보세요.

전 남친이랑 제 친구랑 사귄대요.
그 친구가 "상처받는 거 아니지?"라는데
욕해도 되나요.

굳이 먹다 버린 쓰레기를 꺼내 먹는 취미가 있는지 몰랐네 ^^
잘 사귀어 봐♡

라고 말해요.

여자 친구가 권태기가 온 것 같은데
어떻게 해야 할까요….

그녀가 닫으려 하면 그대가 열 용기

그녀가 뒤돌아서면 더 빨리 달려가 그녀 앞에 서 있을 노력

그녀가 없어질 때 한없이 기다릴 수 있는 사랑

이 필요한 시점이군요.

저 모태솔롭니다.
친구들 다 남친이 있는데
저는 남자친구가 그렇게 필요하지 않아요.
그냥… 있으면 좋겠다?

　누군가 있어서 행복할 거라는 건 착각이죠. 그대는 누군가가 필요한 게 아니라 '그'가 필요한 거라 아무도 만나지 않았던 거예요. '누구'를 기다리지 말고 '그'를 기다려 보세요.

어떤 남자가 저를 좋아한대요.
근데 여자 친구가 있는 사람이에요.
전 그 사람이 나쁘지 않아요.
저 나쁜 사람인가요.

그대가 나쁜 사람인 건 모르겠는데 그 남자가 쓰레기인 건
확실하네요.

제가 관심 있어 하는 사람이
제게 관심이 없는 게 너무 눈에 보여서
늘 포기해야지 하는데 맘처럼 안 되네요.

감정이란 건 그래서 참 예쁜 것. 내 마음처럼 뭐 하나 되는 게 없어서 더 갈망하고 아쉬워하게 되는 것. 그래서 이루어지면 너무 소중하고 애타는 것. 쉽지 않아서 소중한 것.

이별은 왜 겪어도 겪어도
항상 힘든 걸까요.

만남이 너무 행복하기 때문이죠.

예쁜 수국이 보이면 사고 싶다.

꽃에 대해선 아무것도 모르지만

당신이 수국을 좋아한다고 한 날부터

파란색이 도는, 어두운 하늘색이 도는

꽃을 좋아한단 걸 알게 된 날부터

수국을 보면 사고 싶다.

수국은 그렇게 나에게 예쁜 꽃이 되었다.

2년 만난 남자 친구랑 갑자기 헤어졌는데
딱 이틀만 슬프고 괜찮아졌어요.
정말 많이 좋아했는데 왜일까요?

1. 아직 실감이 나질 않아서

2. 후회 없이 많이 좋아해서

3. 본인이 본인을 속이는 중

이 셋 중에 하나일 듯.

저는 술, 담배를 하지 않고 남자 친구는 둘 다 해요.
근데 이게 이렇게 스트레스일 줄이야.
끊는다는 말을 믿었는데 양치기 소년 같아요.

　작은 버릇이든 큰 버릇이든 버릇을 고치기 위해선 남의 말
보단 자신이 먼저 깨달아야 합니다. 자신이 깨달을 수 있는
충분한 시간과 여유를 만들어 주세요.

착하디착한데 생활력 너무 없는 사람을 만나고 있어요.
아직도 뭘 할지 몰라 방황 중인데
제가 너무 지치는 것 같아요.
쌓인 정만 그득.

그와의 관계에서 사랑의 화살표는 날 향해 있나요, 그를 향해 있나요.

그를 향해 있다면 끝까지 이해해 줄 것이고 나를 향해 있다면 힘든 연애가 될 거예요.

정답은 없죠. 선택만 있을 뿐입니다.

자존심도 버리고 3년 넘도록
계속 제 마음을 표현했는데,
제 마음을 헷갈리게 하는 오빠 안 되겠죠?
맨날 눈물….

연애에선 나쁜 사람도 없고 착한 사람도 없어요. 나랑 맞
는 사람과 안 맞는 사람은 있겠죠.

도서관에 맘에 드는 남자가 있었는데
몇 달 동안 우물쭈물하다가
그 사람이 사라져 버렸어요….

만날 사람은 어떻게든 만나더라.

예전에 좋아했던 선배가 너무 안 잊혀지고
졸업을 했는데도 보고 싶어요.
길거리에서 우연히 봤는데 눈물이 났어요.

그대 나에게 뭐라 하지 말아요. 여미고 여미어도 흘러내리
는 내 마음이 당신에게 부담이 된다 해도…. 그런 그댈 위해
나도 여미고 또 여미고 있으니 나에게 뭐라 하지 말아요.

'너는 나한테 아까워. 나는 너한테 똥차야'
라는 사람과 헤어졌는데
못 잊겠어요.

일반화하는 건 아니지만, 남자는 절대 자신이 아까워하는 것을 포기하지 않는 것 같아요. 원하면 어떻게든 간직하고 소유하고 쟁취하고 싶은 것이 그들의 습성인 것 같네요.

드라마와 수많은 영상물의 자극적인 대사들이 낳은 안 좋은 케이스가 바로 '널 위해 헤어지는 거야' '넌 나에 비해 너무 아까워' 등등입니다.

군인 남자 친구가 있는데
기다리기 힘들어요.

결과가 확실한 기다림은 기다림이 아니라 '설렘'이라고 생각해요. 계속 설레고 계세요. 그와 함께할 확실한 결과가 있잖아요.

이별을 해서 힘들어하는 친구에게
뭐라고 해 주는 게 좋을까요?

이별은 영어로 *This star*

바라만 볼 수밖에 없어.

상처가 나서 피가 흐른다는 건

그리고 아파한다는 건

우리가 아직 살아 있다는 거야.

찔리고 다쳐도 피 한 방울 나지 않고

어떤 반응도 보이지 않는다면

그건 죽었다는 거지.

그게 몸이든 마음이든

연인에게 상처를 받았다면

적어도 우리의 관계가 아직은

'살아' 있다는 거 아닐까.

보라색과 비를 좋아하는 내게

한마디씩 해

미친 거 같을 때가 있대 되게

일 년 전에 쓴 노래《Rain Drop》의 가사 중에 사람들이
가장 좋아하는 부분이다. 나는 누구보다 특별하기 때문에
영롱하고 빛나는 '별'이 될 줄 알았다.

Those years went by 별일이 없어 내게

하지만 그 후 가사처럼 특별하게 빛나는 일도 없었고
특별히 멋진 사람이 되지도 않았더라.

그런데, 그래도 괜찮더라.

빛을 내뿜는 멋진 별이 되지 않았음에도 나는 소박하게
누군가에게 도움이 되고 있던 작은 불빛이었고,

높은 곳을 올려다봐야만 볼 수 있는 사람이 아니었음에
난 누구와도 눈을 마주치고 이야기 할 수 있었다.

그러니 침착하자.

이루지 않아도 해내지 않아도 어려워도 넘어져도 실패해도 아파해도 좌절해도 괜찮다.

우리 '별'이 아닌 '밤하늘'이 되어 누군가의 별을 빛나게도 해 주고 누군가의 아픈 음영을 가려 주자.

괜찮다.
그래도 괜찮다.

EPILOGUE

가만히 생각해 보니 별일 아니었어

1판 1쇄 인쇄 2021년 07월 28일
1판 1쇄 발행 2021년 08월 09일

지 은 이 한희준

발 행 인 정영욱
기획편집 정영주 유지수
표지디자인 정영주
내지디자인 이유진

펴낸곳 (주)부크럼
전 화 070-5138-9971~3 (도서기획제작팀)
홈페이지 www.bookrum.co.kr
이메일 editor@bookrum.co.kr
인스타그램 @bookrum.official
블로그 blog.naver.com/s2mfairy
포스트 post.naver.com/s2mfairy